JN191360

遍歴のうた

清水マサ詩集

コールサック社

詩集

遍歴のうた

目次

桜桃　――六月の日に――　8
夜汽車の旅　――市島三千雄へのオマージュ――　10
惜別　――吉野弘とI was born――　14
小千谷　信濃川　――西脇順三郎とテムズ川――　18
黒田三郎さんのひとつの席　22
駅　26
日本海点描　――画家村山槐多――　30
放浪の画家　――表紙絵に寄せて――　34

*

くろねことききびだんご　38

手折《たお》る　42
満月　46
露を煮る　48
おちる　50
Kよ　54
白鳥の歌　58
ガンベレットを食べる女　62
*
凌辱《りょうじょく》　66
「希望の国」の末路　70
私の中の太い幹　74

川の来歴　76
迫る　80
夢の中で　82
どくだみ　86
君が逝った夜　90
月光　94
しょう　くんないさし　98
桜　散る中で　102
*
少年　108
黒い靴の女の子　112

良い子の条件　116
祝福　120
塩おにぎりと宮沢賢治　124
マーメイドピンクだから　128
男と女　130
川　134

『遍歴のうた』刊行に寄せて
新潟の河口の船着場に揺れる月あかり　佐相憲一　138
あとがき　140
著者略歴　143

詩集

遍歴のうた

清水マサ

桜桃

――六月の日に――

幾重にも重なり
透き間なく詰められた
緋のさくらんぼは
自然界から舞い降りた使者のように
神秘の輝きを放って
心を射た

緋色の一段から一粒を抜き
口に入れると
濃縮した甘露が体内に染み渡った

詩友《とも》が車を駆って届けてくれた桜桃

蔓を糸でつないで、首にかけると、
桜桃は珊瑚の首飾りのように見えるだろう*
苦悩を生きた太宰治の桜桃忌
六月の一日を友と語った

* 太宰治「桜桃」より

夜汽車の旅

——市島三千雄へのオマージュ——

電車に乗れば一〇分足らずで着くのに　私はその時間を夜汽車の旅と呼びたかった
家から駅までの道は　うす墨色の暮色に染まっていたのに　走り去る車窓からはすでに夜景と化した秋の街が広がっていた
夕方の混み合った電車の吊り皮に身を凭せながら　これから逢う詩人のことを考えていた　初めてその人を知ったときの　哀しみをたたえたような鋭い眼差しは　その人について深く知りたいという想いを喚起させる神秘に包まれていた
彼の発する言葉の断定の潔さと相反するように　彼の詩には　病んだ心の深層を語るように孤独と自虐の言葉が並んでいた

一七歳で詩を書いた早熟な才能は　時として背伸びをした言葉で綴られていて　痛々しくもあった
彼とは　いつも一時間ばかり相対して　その詩作の原点を知るために　彼の生いたちや暮らしや旧居跡の様子などを　尽きない水を汲みあげるように　探し続けた
幾度目かの出会いの或る夜　騒々しい街の路地を入ったところにあるカフェで　二人は向かい合って腰をおろした　そこは詩人が集まる場所でもあった　晩秋の夜のカフェは　ダミアの「暗い日曜日」のレコードがかかり深い憂愁がただよっていた
それは時代の暗さを象徴するものであろうが　地方都市に住む詩人達の　やり場のない孤高が醸すものでもあろう
知り合って間もない人とお互いの苦い青春を語り　詩を語り合えることの不思議さは　過去にたとえわずかであろうとも　詩作という苦しみの場に一緒に居合わせたからであろう
小一時間ばかりして二人の逢瀬は終り　二人で店を出た

駅へと急ぐ私に　詩人は着物の兵児帯《へこおび》の間から鎖のついた懐中時計を出して「汽車の時間には間に合う」と私に告げた
彼が私に発した唯一の断定の言葉だった

＊　市島三千雄　新潟市出生　一九〇七年―一九四八年没
二一篇の詩を残して四一歳の生涯を閉じる。市島について中西悟堂は「詩壇中を探し廻っても類のない言葉を本質的に持っている」と評し、萩原朔太郎は「天才的である」と詩誌「日本詩人」に書き述べている。

二〇〇七年新潟市在住の詩人達で「市島三千雄を語り継ぐ会」を発足。毎月一回定例の研究会を開き、五年毎に生誕祭を開催している。

惜別

——吉野弘とI was born——

今を去る日
詩人から転居の知らせがあった
叙景詩にこだわった詩人は
尚も何処《いずこ》へ旅立とうとするのかと
唐突に胸騒ぎが起こった

遠くへ　霊峰の麓へ
より天に近づくための周到な心づもり
或は潔い訣別
自らに課した詩作の終結　句読点

しばらくは胸を突く痛みが続いた

それから五年
新聞の訃報欄で知った詩人の死
言葉を堰とめ濁流の渦から逃れて
移り住んだであろう高原の地で
　さり気ない決断の様に枝別れし*
詩人は逝った

人間は自分の意志ではなく
生まれさせられるのだと
少年に刻印する「I was born」*
吉野さんの昇天もまた
意志ではない
受け身の荘厳であったろう

そして六月　新しい詩集が届いた
死しても語りつくせない
詩人の全貌と蘇生
詩友の一人ひとりが馳せ参じて
優れた証言者となり　献花の花束のように
多くの讃辞を記していた

宇宙のすべてに心を寄せ耳目をそばだて
「詩に取り憑かれた」詩人は宇宙へ去った
私は初めて落涙した
涙は　亡失を装った自身への鞭であったか
蘇るための精神の咀嚼であったか
詩集は茜色のリボンで結び
新しい形見となった

＊

吉野弘「ほそい梢」より

小千谷　信濃川

——西脇順三郎とテムズ川——

若葉の林と草原を抜けて疾走する列車
　野ばらの乱れ咲く野末
　　砧の音する村[※1]
とうとう訪れることができた
胸の奥深くに鳴る汽笛の幻聴

おぢやと呼ぶ小千谷　は
雑炊の別称　おじやの発声ではなく
お　にアクセントをつけて
尚も半音高く#《シャープ》　嬰記号へと上昇する言語は

雪深い越後の豪気と誇りであろうか

初めて降り立つ小千谷の地は
別世界に彷徨い入ったように鎮座していた
駅前のタクシーに乗ると
世俗に疲れた風体の女の乗車に驚いたように
運転手は声高に話しかけてきた
折しも熊本地震の最中《さなか》であり
電気のない夜の闇の恐さと共に
新潟中越地震を被災した恐怖を語る彼の
堰を切ったように話すことばが
車の窓外に響き谺するやも知れぬ静寂

ところで小千谷の名物は　と問うと
錦鯉　布海苔蕎麦　酒　菓子　米　笹団子

遠来の客に馳走を並べるように答える
　西脇順三郎さんもいますね　とつけ足すと
人は名物の範疇ではないと思ってか
　西脇さんねーとその名前を復誦した

その昔　パリ郊外バルビゾンのレストランで
大きな水槽で泳ぐ錦鯉の群れを見た
　ジャパン　オヂヤ　ニシキゴイ
旅疲れの眼を癒す鮮やかな色彩に驚く私に
笑いかけた女あるじ
若い日の追憶の懐かしさに浸っていると
タクシーは目的地に着いた
料金を支払い初めて彼と向き合うと
涼やかに礼を言う男性の風貌の
土着の温かさが胸に染みた

黄色い菫が咲く頃の昔[※2]　に内包された
重厚と簡潔　華美と郷愁
一〇代で英語と絵画と詩を為して
二〇代で渡欧した明治の越後人は
早熟な少年期を駆け抜け
故郷を発ち　故郷に還った

蛇行しながら滔滔と流れる信濃川に
テムズ川を重ねた詩人の原風景を
心中深く刻みながら
小千谷への私の長い一日の旅は終わった

※1　西脇順三郎「旅人かへらず」より
※2　西脇順三郎「皿」より

黒田三郎さんのひとつの席

一九六五年　詩人会議を知った私に
壺井繁治さんに会うことは遠い夢だった
新潟が裏日本と言われた時代に
遥かに東京を思う
ひとりの女の詩の出発だった

一三年後　第一詩集を出版して
ようやく上京した
片道四時間の特急列車で
詩人会議の総会に行った

若い闊達な意見が飛び交った総会の夜
二次会の会場に向かう私に
夜の東京は眩惑に満ちて
殊更に心が動転した

会場の居酒屋の椅子に
座ろうとすると
隣の席に黒田三郎さんが座していた
千載一遇の機会だからと背を押してくれた
加藤幹二朗さんを振りきって
私は咄嗟に身を退いた
黒田さんは　美しく眩しかった
後ろの席の椅子の背凭《もた》れで
その話し声を全神経で聴きながら
運営委員長に就任した黒田さんの重い決断を思った

三年後　黒田さんは死へと旅立ち
もう逢うことはできなかった

詩人会議創立五〇周年の長い歴史の中で
リアリズムは詩の本道だと説いた
黒田さんの言葉が新しい
「お坐り」
そこにひとつの席がある*
あの痩身の風が私に詩う秋である

＊　黒田三郎「そこにひとつの席が」より

駅

S氏の詩集出版を祝う会が　七夕の夜だったことも　この倒錯した話の要因かも知れない
七月七日の夕刻　会場である料亭に向かった　表通りから横道に入った奥まった場所にあるその料亭は　路地に打ち水が撒かれていて　風雅な佇まいだった　玄関を入り短い階段をいくつか登ると三階の廊下に出た　廊下の窓からは　広いバイパスが見えて　おびただしい車が縦列になって疾走していた　高い廊下の窓から見ると、夕日を浴びた街並の喧噪が別世界のようだった　私はしばらくそこに立ちつくしていた　その時からすでに私は　倒錯と思いこみの心理へ　いざなわれ始めていた

出版祝賀会は　若い人達や　多彩な分野で活躍する人達の参加で
華やいだ闊達なスピーチに満ちていた　そのうえ高名な詩人M氏も
遠方から駆けつけて　会は　いつ果てるともなく続いた
翌日　所用で新潟駅へ行った　観光客で混雑した駅のコンコース
を横切ろうとしたとき　一瞬の視線の端に　改札口を出ようとする
M氏の姿をとらえたのである　私は　すぐに走り出していた
入場券を買い新幹線のホームへ行くエスカレーターを駆け登った
ホームにはすでに二台の列車が停車していた　両方の列車の車輌
の乗車口に並ぶ人の列の前を横切りながら　M氏を探した
数えきれない人達の顔が一斉に私の方を向いていた　普段では考
えられない行動へ私を駆りたてている何かがあった　M氏に必ず逢
えるという確信もあった　二台目の最後の車輌に着いたとき　あた
かも誰かを待っているように　ベンチに腰をかけたM氏が居た
車内へも入らずに居たM氏に　私は紅潮した顔で声をかけた
驚いた顔で私を見ているM氏に　私は「想いびとに逢えたような

気持です」と言ってしまった
　ホームに停車した二階だての新幹線の威容が　前年訪れたイタリア映画の「終着駅」の舞台となったローマのテルミニ駅を彷彿とさせて吐いた言葉だった　アッリヴェデールラ　新潟は終着駅ではなくて　旅立ちのための駅だから　貴方に逢うことができたのです

　過ぎ去る　という日々の過ちに似た時間への愛惜を抱えながら新幹線が発車するのを待たずに　私は　ホームを走り去った

日本海点描

——画家村山槐多——

間もなく
日本海に注ごうとする河が
期待と歓喜で
踊るようにして流れ下っていた

厚い断層をした
白磁の破片のような怒濤と
幾万もの魚が銀鱗を立てているかと
見紛うばかりの水しぶき
休みなく打ち震える川面の

飛沫を凝視していると
体の中を
一条の力が突き抜けて行く

遠い日の恋の残影かも知れない
消滅した筈の
エネルギーの余韻が曳く
傷跡かも知れない

桜が終わった
日本海の海岸線は
突如として海水浴場の標識を
提示して
記憶を更に鮮烈に塗り変えていく

目的の美術館は
季節が始まる海辺の風景の中で
自らも名画の一枚となっていた

海は　空をいざない
夕陽をも眩惑して
至福の時を輝き
美術館の黒い壁で
夭折の画家　槐多《かいた》の描いた
貪婪な裸婦が
槐多の修羅を伝えて
私を　烈しく掘削《くっさく》する

放浪の画家

——表紙絵に寄せて——

一九九一年　冬の終わり
放浪の画家横手由男さんに邂逅した
粗末な着衣と長い髪
異様な風貌に宿る悲しみと孤独の影
水上勉の「雁の寺」の挿絵を描くまでは
少年期から丹後　若狭を流浪して
放浪罪で牢獄に囚われた
牢の中で小林多喜二が拷問される声を聴いた
と彼は話した
新潟を流れる大河信濃川に架かる万代橋

河口に近い岬で彼はキャンバスに向かった
私は絵の具を溶かし絵皿を洗い
彼の孤独と共に居た

「こころの中に仄かに幽かに揺れる幻花
　詩創の産道に蠢めき明滅する情念の曲折」
私に供した彼の言葉が
三〇年を経た今も河口の中から蘇生する

*

くろねこときびだんご

ポロロン　ポロロン
雪でも降り出しそうな日曜日
電話が鳴る

しみずでございます
くろねこときびだんごです
…………
くろねこときびだんごです

…………

もしもし　しみずさんのおたくでしょう
はい　そうです

こちらは　くろねこときびだんごです

こんな電話をかけてくるのは
そうだくんだ
彼の符号は　アルチュール・ランボウの
筈だったのに
さては　結婚して変えたのか
それにしても　とりすました声を出して　くろねこときびだん
ご　とは　笑ってしまうね
今に　わっ　と声を変えて　そうだです　と言うに決まってい
る　それまで　こちらも気付かない振りを決めこもう

もしもし　しみずまささんは
そちらにおいでですか

　　そうだくんも　さるもの　なかなか名乗りはしない

はい　それは　わたしです
こちらは　くろねこ宅急便です
午後から荷物をお届けします

…………あっ　そうですか
どうも済みません

日曜の暗い空に化かされて
何の世界をさまよっていたのか

たっきゅうびん　を
きびだんご　などと
聞きちがえるとは

申し訳ありません
雪おんなのしわざです

手折《たお》る

一面の緑の湖面に
桃源となって開花した蓮の連なり
仏門の教えを知らなくても
そこに釈迦が見えるような
安らぎの夕暮れ

いっときの信仰
いっときの敬虔を得て
心を鎮める

誰も居ない湖畔を歩く
一日の終わりの静寂
誰かに呼ばれたようで
岸辺に近寄ると
蓮の花の大きな蕾が
連れて行ってくれとでも言うように
揺れていた

私は　左手で湖畔の柳の木に摑まり
右手で蓮の花の茎を手折った
茎は脆い寂しい音を立てて折れた
刃物で切られたような刹那だった

蕾は開花しないまま
花瓶の中で黒く変色した

あなたが手折ったときに
　花は死んだのです

花の識者の言葉が耳から離れず
罪状を言い渡された
罪びととなって
私の夏は終わった

満月

ひとは　不幸のときに
幸福だった日々を回想するというが
平凡でとりとめもない日常の中で
幸福を思うときもある

新秋の宵に浮かぶ大きな月が
伴走してくるのを見ながら
ベートーベンの田園を聴きに劇場へ
車を走らせた

ただそれだけのことなのに
翌晩　天は月に喚起した人間のために
欠けることのない十五夜の満月を
煌煌と見せてくれて
幸福のありかを明かしていた

地球上の苦悩を一身に受けて
永遠を刻んでいる宇宙よ

満月と一緒に走りながら
一瞬の幸福を思い重ねた夜を
深く記憶にとどめる

蕗を煮る

蕗《ふき》の煮かたを教わった
蕗に足すものは醤油だけ
ただ醤油を注いでひたすら煮つめる

山野にあるものは
ひとの身勝手で飾ることなく
自然を食して生を営むのが
地球が与えた人間への恩寵

おいしいからと
教えてくれたひとの
生き方を伝えるような

言葉の力に動かされて
蕗を煮る

鍋の中の蕗と醤油は
完成へのエネルギーに満ちて
激しく身を寄せ合い睦み合いながら
ひとの介入から離脱していた

何も足さず何も加えず
身からにじみ出るものだけで完成する
剛直な野生の風味

ひともそうありたいと
一筋に潔い蕗の味を噛みしめながら
自然界を知る女達の
古来から続く敬虔な祈りを想った

おちる

おちる　は
堕ちる　と書くべきだと言うと
落ちる　と書くに決まっていると
友人は
当然のこととして言う

まちがった表現や言葉には
殊更に目くじらをたてる私が
どうしても堕ちるとしか表しようがない
遠くて苦い回想の断片

落ちたものは
拾いあげられるけれど
拾いあげるどころか
暗くて深い別世界へ堕ちたと思われる

その熱くてはかない物体は
探しようもない紛失物のように
今も心の底に澱んでいる

はかないものが
拾いあげられないものが
過ぎ去った生の熱闘《ねっとう》の中から
時折り顔を出し始める老年の入り口

戯れに恋はすまじ　と
古来から言われてきたではないか

落ちた日も
堕ちた日々も
落日の夕日のようにすっぱりと暮れて
闇が近づいている

Kよ

梅雨晴れの朝
携帯電話がメールの着信を知らせる
数少ないメル友のひとりKからだ
今日はこれから名取市から多賀城市に移動です。仙台より少し上の市です。
作業内容は昨日と同じ仮設住宅の緑のカーテンプロジェクトです。
圧倒的に若い人たちが多いですね。
日本はもっともっと、若い人たちを優遇しなきゃあ、ですね。
それでは二日間頑張ってきます。

限られた文字の中で
躍動する言葉の眩しさ
徹夜勤務の仕事を持つ身で
災害が起きると
どこへでもどこ迄でも疾風のように
車を駆って支援に赴き
友人の哀歓の場には
風の中を走り抜ける使者のように
真っ先に駆けつけて
人の心に繫がる

Kよ　君に棲む宮沢賢治のように
君は走り　君は黙って行動する
時には何処からか
メールを送り無力な私を鼓舞する

僅かばかりの募金に応じるだけで
ひとかたけ*の膳も用意することのない私は
原発事故の恐怖から避難してきた人びとと
君の心の深くに宿る光に向かって
ありがとう　どうか元気で　と
大きくメールを打つ

＊　一度の食事

白鳥の歌

又もや
人の死の時を恐れて
その場から遠ざかっていた自分を知る
死は　その枕辺から私を離し
慟哭の淵に私を追いやり罰を課した
記憶の揺曳をもて余す私を
苦しみの底に落として通り過ぎて行った

日常の精神に立ち戻ることができずに
無人のあなたの庭を訪れた

数年とも伝わる
あなたの病との闘いを知らず
あなたの孤独の遠くで暮らしていた
風と木立と人間のざわめきの気配の中で
生の終わりを聴きながら
あなたは　ひとりで死し
降り積もった落葉や枯れ枝で
住み処をおおい　自身をおおった

立ち尽くす私の足元を
わずかに這う紫蔓草《むらさきつるくさ》
若い日に
あなたの庭から譲り受けたその紫は
今年も私の庭で鮮やかに咲き
あなたが居ない寂寥を

私に告げにくるだろう

訪《おとな》う人を拒み
生まれた場所で死ぬために
ひとりで病を生きたあなたの強靱
心身からあふれ出るあなたとの思い出を
解ききれずにあなたの庭を想い
夜毎　彷徨いながら私は眠り
やがて
そう遠くない私の庭の終わりを思った

新しい春三月　春分の朝
燦燦と降りしきる雪の中から
死者の白鳥の歌*が聴こえる

＊　シューベルトが死の年に書いたセレナード

ガンベレットを食べる女

女には
誰にも見えない体の奥に
大きなほくろがあった
あったとしか言えない
女にも見えない場所にひっそりとあった
女のほくろには
どんな運命がひそんでいたのか

女には　初めて出会う男でも
男のすべてを知る

一瞬の嗅覚があった
男に激しく琴線をかき鳴らされて
道から外れ　転げ落ちたり
追いかけて来る男には
残酷な仕打ちで遠ざかったりした

女は
大きな洋皿に盛られたガンベレットを
両手のナイフとフォークで
器用に切り裂き
身を食べ終えて
二対の触角と一〇本の脚
甲殻のかけらさえも残さずに
噛み砕き別れを告げた

男たちは古来から戦争を好み
女性をも征服しようと罪を犯し続ける
女は仇討ちを終えたように席を立ち
カフェのマスターは純白の皿を
静かに持ち去り　儀式は終わった

*

凌辱《りょうじょく》

日本で最長の信濃川は
雪解けの水に烈しく流されて春を疾走した
それを隔てて蛇行する阿賀野川は
人間の罪過を背負って
追われるように河口へ急いでいる

一九四五年七月一九日深夜
阿賀野川河畔に墜落したＢ29
突然　真夜中のサイレンと
サーチライトの閃光の交叉に目が覚めた

国民学校三年生だった私は恐怖に怯え
次第に降下しながら落下する飛行機の炎を
呆然と見ていた
翌日　学校で何が話されたか記憶になく
下校することだけを考えていた

村道では村びとが口々に語っていた
アメリカ兵を乗せたトラックは
一夜にして捕虜となった兵達を罪人のように乗せ
村道をゆっくりと走った
トラックは度々村びとに止められ
村びとはトラックに登り米兵を罵り叩いた
中には　鉈を持ち出して切りつけた女がいた
息子や夫を亡くした家族の憎しみの連鎖は
人間の精神を凌辱した

桜や梅が咲き　やがて菜の花が咲く川岸よ
千年の村に墜落したB29のクルーが
パラシュートで水田に落下した苦痛の悲鳴
敵兵を捜す怒鳴り声　竹槍の拷問の悲しみ
米兵は　日本の真珠湾攻撃への復讐に燃え
新潟の寒村で「ゴキゲンな焚き火*」を楽しむ
低空飛行に日本の高射砲が命中した
「戦争は千年の村人を兵と化し、村人は戦後長い人生を生き、拷問
　の地を耕し、家族を育てた」とグレゴリー・ハドリー氏は結んだ

＊　雑誌『世界』二〇〇八年四月号

「希望の国」の末路

私が育った集落には
小さな店が軒を連ねていた
米屋　魚屋　菓子屋　煙草屋　醤油屋　酒屋　鋳掛屋　鍛冶屋　桶
屋　仕立屋　自転車屋　医者どん　私設郵便局
暮らしの必需品のすべてが
慎ましく並ぶ通りを
使いに出された

そのうえ駐在所まであって
巡査の一家が住んでいた
白い上下の制服の腰にサーベルを下げて
巡査は集落を見廻っていた
鼻の脇に大きないぼがある彼を
村びとは　いぼ巡査と陰で呼んでいた

自転車は隠しておくようにと父が言った
どぶろくを作っていた家と
ミシンのある家は密告されたと
大人達が囁いていた

集落の通りを青年団が鳴らす軍歌で
出征兵士を送った
名家の門前では伝令犬として戦場に赴く犬の壮行の儀式があった

犬に縋《すが》って泣くその家の　おばあ様　の姿が今も心に焼きついている

国民学校三年生の夏
食べものも着るものもなく
貧しさに耐えていた子どもらは
戦争に負けたことを知らされた
若い女教師は泣いた

八歳の子どもらに
教師の悲しみがわかる訳もなく
みんな黙って教師を見ていた

そして我が家では
身籠った新妻を遺して

二七歳の叔父がフィリピンのルソン島で戦死した
七〇年が過ぎた今
歳月は　すべてを消し去り
その道を引き返そうとでもいうのか
末路に向かって進んでいる

私の中の太い幹

だしの風が吹いてきたと祖母が言うと　私は決まって頭痛がした
やがて太陽が翳り辺りが暗くなると言い知れない不安に襲われた
胸に沈む澱のせいか病を得ては長く床に伏した
小学生になって　私は家族の誰に似ているか祖母に問うた　父に似ている　眼がそっくりだと祖母は咄嗟に答えた　それ以上聞いてはならないと私は心を閉じた　出自への疑心は成長と共に更に膨み
少女期には私は心を苛まれた　一気に踏みこめば私につきまとう苦しみから逃れられると思い続けた
一五歳の春　学徒出陣で戦場に赴き帰還した新任の教師に出会った
彼は戦後の貧しい教室で　失った自己の青春への挽歌のように　鮮烈な授業で生徒を魅了した　わら半紙で細長いノートを作り「太陽の子」と表紙に書き　放課後日記を書かせた　憲法を書き写し　戦

争と平和について学んだ
三八冊の「太陽の子」は　先生の躍動の言葉と共に終日教室の後ろに掛けられていた　毎日の学校は別世界のように楽しく充実していった
私を連れ去ろうとした臨界は消えて　私は大きく羽を広げた
一七歳の或る日　先生はひとりの大学生を私に引き会わせた　大学生は私の痩せた土壌を蘇生させるように　文学や音楽の世界を語り人間が生きるための思想を溢れるように私に注ぎ伝えた　今も残る六〇年前の手紙の綴りは私のバイブル　「コツコツと地味な勉強を他人と一緒に考え　人と愛し合っていくように」と残して　四年後に自身の道へ旅立って行った　二人の師への消えぬ憧憬が今も私を支える

東風に向かって船出した私のひかりよ
幾重にも記憶の中で支えてくれた人びとよ
私の中の一本の太い幹には
八〇歳の春に未だ萌える生命がある

川の来歴

正月二日　仏壇に詣でるために
寄り集う一族
幾世代も経て続き柄さえ朧《おぼ》ろな子孫が
出自を確認する儀式の一日
雪の朝　伝説に引き戻されるように
甥が守る実家を訪れた

その昔
茅葺き屋根の家の敷地に小川が流れていて小川の丸木橋を渡ると
祖母が耕す畑があった　畑には幾種類もの野菜や花々が植えられ

梅や柿や栗など食される果物の木々があった　小川には　めだか
や鮒や泥鰌《どじょう》が泳いでいた　時おり　さんばいず　と呼ばれた藁で
編んだ敷物に団子や赤飯や人形を乗せた飾りが流れてきた　川上
の何処かの子どもの病の厄払いを担って　揺れながら流れ去った
微かな畏れが水面に残った　夏の日に大雨が降ると鮒が網にかか
り　その大量の獲物に興奮と歓喜に湧いた

戦争で空襲が烈しくなり　戦闘機が来たら畑に続く竹藪に逃げる
ようにと　父は小川に渡した丸木橋を広い木橋に作り変えた　そ
の後　川の近くに防空壕を掘ったが　水が湧き　完成しない内に
戦争が終わった

日本一の長さを誇る信濃川へ注ぐ数え切れない小川は　想像と信
仰の神々を宿しながら　田畑を潤し　人々の暮らしを守った

敗戦と共に叔父の戦死の公報が届いた
父を知らない七〇歳になる甥は

本家の幾代もの先祖を守るために
今も仏壇を背に　端座している
小川は暗渠《あんきょ》となって
見えない神々と共に姿を消した

迫る

あの日に戻った

クラスの責任を負わされて教室の
全員の前で殴られた一五歳の夏
軍隊帰りの教師の暴力の前で
私は　別の私になっていた

たわんだ枝に支えられた柿の木は
舫《もや》いの切れた幾万の船となって
すべての魂を抱いて

晩秋の野に立っていた

見捨てられたように静まる風景
訣別の明かりを灯して
秋を彩る柿の実
胸の中で早鐘が鳴り
一五歳の私が激しく蘇った

夢の中で

明けがた
白絣の浴衣《ゆかた》姿の男性が
私を見ていた
胸の動悸で目覚めた
先生　と呼びかける間もなく
遠ざかる幻
先生と出会ってから六〇年
黄泉へ旅立たれてから一六年
殊更に先生を想う秋だ

いつも社会に立ち向かっているような
厚い胸と双肩で
三一歳の青年教師は
失った自己の青春のすべてを
教え子に打ちこむように
鮮烈な授業をした

学徒出陣で戦場に赴いた先生の
深い挫折に思いは及ばず
中学三年生の私は
ただ　先生の講義とその姿を
追い求めていた

憲法を書写させ
朝鮮戦争のさ中での社会状勢や

文学や歴史を語る先生との
学校での日々は
輝きに満ちていた

あれから六〇年が経った今
先生の憂慮が現実となって
怒濤《どとう》のように押し寄せている

初めて夢枕に立った先生は私に
何を語ろうとしていたのか
遠い日の学び舎を想った

どくだみ

朝餉のために
庭に下りて三つ葉を摘む
芽吹き出した茗荷を覆う
三つ葉の群生

水道の蛇口に近づけ
水を弾きながら洗うと
ひとすじの烈しい香りが
立ち昇った

三つ葉に混じって
季節の順を知らせる
まだ蒼いどくだみが二本
悲歓を放って心を射る

昨夜読み返した私の一七歳の記録
記憶の奥から引き出してあなたに送った
文学や音楽　社会の仕組みなど
溢れ出るように話してくれた
大学生だったあなた

六〇年ぶりで聴く電話の声は
若い日のままだったが
私の声は老いて掠《かす》れた

どくだみの花のにほひを思ふとき
　青みて迫る君がまなざし*

誤って採られた
どくだみの命を惜しんで
急いで花瓶に挿した

春愁が私を包んだ

＊　北原白秋「桐の花」より

君が逝った夜

人間の狼煙《のろし》で
国中が燃えさかる夜
九月一九日　戦争法案が成立した夜
降りしきる雨の中を
葬儀場へ急いだ

参列者の喪服の列を
デモ行進かと一瞬見紛う
怒りの日常が憑依する夜
君の葬儀は

君の生涯を物語るには短過ぎた
六歳で満洲から引き上げてきた
苦難の生涯は死をもって美化され
長いセレモニーが続いた

君と初めて会った
中学校三年生の新学期
民主青年同盟　うたごえ運動
フォークダンス
いつも君と二人で参加した
青春の日々は
姉弟のように過ぎ去り老齢を迎えた

心の病に苦しんだ君と
会えなかった十余年

若い日のままに微笑む
君の遺影の前で
悲しみが胸をつき
初めて涙があふれた

君が逝った夜
戦争法案が成立した

憤怒の夜道に
彼岸花が雨をしたたらせていた

月光

饗宴は終わった

灼熱の庭に
くり返された呻吟と歌ごえ
新潟音頭　佐渡おけさ
昭和の流行歌　軍歌などなど
男の脳裏に浮かぶ
永い人生の歌のメドレー

それにも飽きると

もはや疾うに亡くなった妻に向かって
哀号する
　ばあちゃあん　ばあちゃあん
　達者だかあ――
寝たきりの男の雄叫びが
草木や虫の音をかき分けて
夏の庭を伝い歩く

エピローグは
同居する家族への哀願と罵声
さめざめと搔き口説き
やがて眠りにつく
生きた証の刻印をくっきりと残して
生涯を終えようとする男の別れの饗宴

夏が終わりを告げない内に
男は忽然と去った
男の部屋の窓は閉めきられて
白い障子戸が
男の永訣を知らせた

雪の真夜中
ふと男の声が聞こえることがある
寒夜の庭に
月光が燦燦《さんさん》と降りそそいでいた

しょう　くんなぃさし

しょう　くんなぃさし（塩をください）
母の弟である叔父は
我が家に泊まった朝は
塩を人さし指に載せて
それで歯を磨いた
羽越線と信越線の列車を乗り継いで
山峡の集落から辿り着くと
叔父は一五畳の茶の間に蛙のように平伏して
長い時候の挨拶をした
その卑屈の意味も知らずに私は

叔父を疎んじた

ひとりっ子だった私は
庭の大木　花々　果樹　柱の傷
天井の太い梁　すべてを想像の物語として
ひとりで遊んだ

長じるにつれ身辺で囁く声がした
ひとりっ子　もらわれ子《ご》
どこからか追いかけてくる声の中で
私は　もの言わぬ子になった
陰口は次第に真相を明かすように
叔父が父であることを断定した

父は三人の妻を迎え

二人目の妻の子であるという私は
懐疑と孤独の殻で身を包んだ
一七歳で初めて詩を書いた日
殻が破れて光が一斉に射した

四人兄弟の中でひとり戦争に行かなかった父は
一介の農夫だった
「詩なんか　書いていたんだがね」
義弟は嘲笑した

総領の甚六だった父の風貌から
詩作を連想することも
父であることを容認することもできない私は
逃れられない血縁の中でもがいた

しょう　くんなぃさし
父の享年に近い私に聞こえる遠い声

桜　散る中で

私には　三つの戸籍がある
出生は新潟県北蒲原郡であり
生後中蒲原郡亀田町袋津に養女となる
亀田の由来は先人が開墾地で亀を捕らえ
「寿万年を経る」として名づけたと伝わる
砂丘地帯亀田町の広大な水田は
腰まで浸かる農作業の苦役を農民に強いた
袋津とは四囲を砂丘に包まれた地形を指し
津は船着き場を表した
袋津を通る二つの水系が今も地下に存在する

砂丘と水系を持つ謎の大地を亀田郷と呼称し
すべて新発田《しばた》城主溝口秀勝の領地であった
信長の本能寺の変から
秀吉の天下統一へと続く慶長三年から百年
領民は大きな支配の中で暮らした
そののち袋津村の開村となる
袋津小学校に通った私には変哲のない道も
初めて通る人には今も迷路となっている

古来　農民の副業だった綿織物は
三百年前に亀田の産業の起源となった
幼い頃は村中が織機の音で賑わっていた
我が家の一角にも家業の織物工場があり
屋敷には食する果実の木が沢山植えてあった
敷地の端に小川がありその先に畑が続き

畑仕事をする父が私を呼び
肥桶《こえおけ》を下げた天秤棒の一方を担がせた

二人で小川に架かる木橋を渡った
畑は人手に渡り小川は暗渠となり
鮒《ふな》捕りや水遊びや父との思い出を封じこめた
結婚一五年目に借金で土地を買い家を建てた
中蒲原郡大江山村北山と住所が変わり
偶然巡り合った土地だったが
今に至れば大きな力に導かれた想いがする

さて　私の最後の地となるであろう北山は
寛永四年（一六二八年）に開村し
兄池弟池《あにいけおじいけ》の伝説を持つ二つの砂丘湖と
松が群生する十兵衛山がある砂丘地帯だった

砂丘は雨を蓄え　その水は池に満ちて湧き
菱や蓮が咲き「越乃寒梅」の銘酒を誇った
三十数回の大水害と幾時代もの大飢饉を刻み
大きな石碑が一三〇本の桜の中で聳える

時は今　砂丘は削り取られて宅地と化し
兄池は埋められてグラウンドとなった
平成の大合併により
出生は新発田市　成育は新潟市江南区袋津
現住所は江南区北山となり
変貌する風景と共に時代はどこへ向かうのか
祖先が苦闘の中で開拓した土地と地名に
愛着は日毎に募り　桜の中をただ逍遥する
そして
歴史の奔流をなぞるように

見えない力にいざなわれて　私は
この地にあり　散っていく

参考文献『亀田の歴史』

*

少年

呼吸を刻むように正確に
地面を蹴立てる足音が
強い速力で
私の背後から近づいてくる

振り向くと少年がひとり
友人が漕ぐ猛スピードの自転車を
追いかけながら走っていた
追い越されまいとサドルから浮き上がって
走る自転車の少年

間もなく走者は自転車に追いつき
ふたりは笑い興じながら去った

精密に造られた人間の肉体が
俊敏に空を切り
地球を蹴っていく四肢
幾十億年もかかって創造された人間の
肉体が発する美しい躍動
休むことなく走る少年の血流
やがて　そのひとつひとつが
賢明な知覚となり
若い頭脳を形成する日を思った

家の近くの砂丘湖のほとり

夕食までのひととき
重い足を引いて歩く私の脇を
風のように走り去る少年
私は　立ち止まり大きく息を吸い
過ぎた歳月の重みに埋没して
佇んでいた

秋は
万象を優しく包みこみ
少年は未来に向かって疾走した

黒い靴の女の子

君は今　何処を彷徨っているのか
深い眠りに引きこまれて
頭が膝に行きつくと
がくんと目覚めて
又もや睡魔が追いかけて
頭が吸いこまれるように下がっていく

蒼白の顔に乾いた髪を一束に結び
黒縁の眼鏡
黒いリュックに黒い靴

黒いソックス　白いブラウス
灰色のスカート
子どもを縛る制服の色彩
殉教者か
はたまた暮らしに疲れた
老婆のように
彼女はオチャノミズから電車に乗り
東京駅で降りた

いっとき放たれた囚人のように
小学生の小さな君は
登校の朝に眠りながら
学校に行くのだ

疲労と倦怠を引きずった朝の通勤列車の

大人達の群れに同化して
不毛の未来へ旅立つ
黒い靴の女の子

異人さんに連れられて行った
赤い靴の女の子
君は　それよりも怖い日本の国と
日本人に連れられて
どこまで行くのだろう
見定めることもできずに
雑踏の中の君と別れた

良い子の条件

久しぶりの上京で新幹線に乗る
列車が新潟駅を発車すると
　次の停車駅は終点東京です
急を告げるかのような車内アナウンス
川端康成の鮮烈な「雪国」の
国境の長いトンネルを抜けると
今や昂揚する希望や抒情を
風穴のように霧散させて列車は疾走した

休日の空いた山手線

向かいの座席に幼い男の子と母親が座った
子どもは人が降りる度に降りると言い
母親がなだめた
隣の空いた席に子どもが座ると
靴の足を気遣い
まだ片言の子の話す言葉に
口に指を当てて無言の合図をする
果ては何ごとかを囁きながら小指を出すと
子どもと指切りげんまんをして
バッグから出した一個の飴
いい子　にしているための多くの約束
ふと気付いた
子どもを黙らせ膝に引き寄せ
絶えず気配りをするのは
世間のすべての非難に怯えているのだ

おりこうさんでしたね
降りぎわに話しかけた私にさえ
母親は　すみませんと詫びた
ああ幼子《おさなご》よ　君が大きくなったとき
争いや咎め合うことのない
平和な世界であるように
君の頭をそっと愛撫して電車を降りた
温もりが掌中に残った

祝福

衝動に押されて思わず
自転車を降りた

スーツを着た父親と
着物姿の母親
ピンクのワンピースの女の子
すみれ色のランドセル
春の色に包まれた
新しい門出の朝

見知らぬ者が声をかけてすみません
　入学式おめでとうございます

　ありがとうございます
涼やかに礼を言う若い父親と母親
子どもは誰にもうながされずに
　ありがとうございます　と
まっすぐに私を見る
生まれたての一年生
涙ぐみそうになる春の日だった
どうかこの世の苦難を乗り越えて行ってね
心の中で深く祈る

　さようなら　と
ランドセルの背を曲げて

おじぎをして去って行く子に
　元気でがんばってね　と叫んだ
沢山の言葉の中から
それしか言えなかった

臭気さえ立ちこめる
このひどい時代の中で
何を約束できるのか
祝福の言葉が見つからないまま
老人ばかりが住む家路へと
自転車を走らせた

塩おにぎりと宮沢賢治

西瓜食べる？　たべない。どうして？
味がはっきりしないから。種も多いし。
甘い味と野菜の味が混じっていて
はっきりしなさいって感じ。
懐かしい味はしないの？　しない。

白いブラウスに紺のスカート白いヘルメット
二キロの坂道を自転車通学の中学一年生
部活と勉強で一日が終わる
夏休みの日の会話

二歳の頃　昼寝の絵本は
いつも賢治の「注文の多い料理店」
それに塩おにぎりひとつ
人間を懲らしめるための
「山猫軒」の計略の怖さを
塩おにぎりで鎮めながら彼女は寝入った

今もおやつは
梅干しも海苔もいらない塩おにぎりと
季節の野菜の味噌汁
彼女の懐かしさの原点

二歳で二千語を覚えるという幼児の言葉は
どこから降りてくるのだろう

おばあちゃん　きもちがいいね。うれしい。
胸がわくわくするね。キティちゃんがついた入れ歯をかってね。わるいことがおきると心がこわくなるの。さびしいね。こえをだしては泣かないよ。でもときどき涙がでるの。
あどけない日々の
すべてを遠くへ置き去って
ひたすら日脚を走る中学生

未来を知るのは「山猫軒」の猫だけだ

マーメイドピンクだから

マーメイドピンクだから　と
高校生の孫は
八〇歳の白髪染めの横で
面白がって笑った

おじいちゃんも染めよう
逃げる祖父を
孫は追いかけた
マーメイドピンクだから！
年の瀬の台所でシュプレヒコールのように
家族がうたう

マーメイドは　人魚姫

アンデルセンの世界で三百年は生きた筈が
人間の王子に恋をして泡となって消えた
今は　女性の憧れの色や服装となって
三百年を生きようとしている人魚姫

マーメイドピンクに
かすかな希望を託した八〇歳は
新しい年への飛翔のために
スタートに立った

マーメイドピンクだから
高校生三年生よ
君も大きく羽ばたいて
祖母の八〇歳を見よ
ピンクの髪が
かすかに立ちあがってはいないか

男と女

あんたは音痴だね
付き合い始めたばかりの男に言われて
初めてのデートの昂揚は
こだまとなって霧散した
男の頬を引っぱたいて帰る勇気もなく
病名を宣告されたように
歌うのをやめた

虫くだしだね
湖でボートを漕ぎながら

男は目ざとく言った
薬包紙の中の銀色の粉
医者の処方どおりに薬を飲む
屈辱を飲み下すように
水と一緒に流し込む

一メートルくらい離れて歩くように
意味不明な命令宣言

昭和八年出生
国民学校では
校庭に安置された遥拝殿*に毎朝拝礼
遥か東の方角の幻の宮殿に敬礼
軍国教育の最中に敗戦を迎えた男は
それらの日々を取り戻すように

平和運動に没頭して青春を生きた

うた声サークルで出会って
こともあろうに結婚した二人は
思考回路が連動しないまま
三人の子を持ち　会社を興した

馬鹿で何もできない　と
妻を謙遜するのが夫の美徳とばかりに
平然と言い切る男と
結婚生活の六〇年は夢幻のように過ぎ
女は　人生の残りをがむしゃらに生きて
詩を書いた

男は　懸命に働き　子どもを育てた

七五歳まで働き続けた男は
残りの自由な時間を音楽と生きた
ヨハン・セバスティアン・バッハ
バッハを追う旅は命の枯れるまでと
コンサートはどこ迄も駆けつけて　その日のうちに帰宅する

最終章はどちらが先に終止符を打つのか
長男とひとり娘であった二人の闘いは
飽くこともなく展開して今日も騒々しい

＊　校庭に建てられた一坪ばかりの神社のような建て物。
中に天皇の写真が飾られていた。

川

川は　私の出自の源流だった
山脈《やまなみ》から連なって流れる小川の清冽
今昔物語の様相で点在する小さな集落

生後間もなく　その地から
引き離されるようにして私は
運命の荷を負って旅に出された
行き先は
織《はた》の音が終日鳴り止まない織物の村だった
辿り着いた家の屋敷の際《きわ》を
源流からほど遠い無名の小川が流れていて

鮒《ふな》や田螺《たにし》や泥鰌《どじょう》と遊んだ

村はずれの土手の脇を千曲川を源流とする
信濃川が気品をたたえて河口へと急いでいた
新潟港へと繋がる河口は
オンフルールのようだと新井満は称えた
セーヌの河口のようだと高田敏子さんが言い
詩人の心のロマンを垣間見た

一方で阿賀野川は尾瀬沼から三県に別れて
会津から慎ましく新潟に辿り着いたばかりに
不幸な河川と化した
鹿瀬《かのせ》電工が流した水銀に犯され
流域の村民を病が襲い多くの人が死亡したが
公害問題として今も国の認定がなく
未解決の中にある

一九八七年八月
初めて出会う異国の大河
ロシア　ハバロフスクのアムール川
川が流れ去る方向を判別できない大河は
人智を超えて洋洋とたゆたっていた
以来　私は旅先で
川に秘められた物語を辿り歩いた

歴史の重圧に喘ぎながら流れ続ける
チェコのヴルタヴァ川は
市民や青年の大量虐殺を秘めて
ボヘミアの森へと急いだ
ドナウ川に続くそのさざ波は
旅人を悲嘆の想像へいざないながら
尚も国境を超えて流れに挑んだ

ハンガリーに着いたドナウの流れは
ようやくウィンナーワルツで　旅人を
深い旅愁へと招き入れた
ヴォルガからドナウへ
水源のドイツ　黒い森から一〇ヵ国を通り
ルーマニアの黒海へと辿り着く
長い長い川の旅と共に
私は多くの夢を見た

ハンガリーに停泊したドナウの遊覧船の
デッキから見上げた古城ブダ王宮
煌煌と照らす光の中で私は眠り
一寸法師となって椀の舟を漕ぎ
京に上る幼い私の夢を見た

清水マサ詩集『遍歴のうた』刊行に寄せて
新潟の河口の船着場に揺れる月あかり

佐相　憲一

〈遍歴〉。この言葉に何を想像するだろうか。諸国遍歴、職業遍歴、人生遍歴、異性遍歴……。歳月のなかの重い影、もやに包まれているような霧がかった深層、波乱に満ちた物語といったニュアンスがあるだろう。一方で、〈うた〉。この言葉からは逆にシンプル・イズ・ベスト的な肯定感、あるいは喜怒哀楽をメロディに乗せて吐き出す積極的なものが想像されるかもしれない。対極にあるようにも見えるこの二者の合体『遍歴のうた』こそが、この詩集にふさわしい全体像を示しているだろう。

新潟の詩人・清水マサさんの詩世界は、ほかの詩人たちの作品の間にあっても生きているが、こうして単独詩集に並べてみてこそ本当の味わいが出るような気がする。多かれ少なかれどの詩人もそうなのではあるが、特にこの詩人においてそう感じさせる。清水さんの詩世界全体を通して、濃密な影の気配、言い知れぬものを抱えながらまっすぐに生きてきた人格の深いところにある傷や共感、あるいは気さくな人柄の朗らかな笑顔と同居する荒々しいざわめきが、苦いロマンチシズムの混じった切実さを感じさせるからだろう。生みの親と育ての親をめぐる出自の葛藤、それとも関わって幼少期より体験した旧家的で保守的なものと新時代の革新的なものとの矛盾、戦後社会の激動のなかで夫と共に会社を興して家庭をつくりあげてきたという自負を獲得しながら、社会に対しての理想と現実の落差、憧れやすい気性ゆえにさまざまな芸術を追いかけ、交流してきた甘酸っぱい記憶。こうしたものが清水さんの詩世界の根底にあるだろう。いろいろな詩を長年書いてきて、新潟県現代詩人会会長の激務も終えて、すでに大ベテランとなったいま、生きてきた思いのすべてを振り返り、新しくまとめて世に発表するこの大切な一冊だ。静かなトーンに燃えるものを秘めて、物語る遍歴のうたは三五篇。そこに血の通った人間の詩が見える。

いまは亡き文人・芸術家を偲ぶ味わい深い独自の詩群も、日常のなかから普遍的なものをつかむ詩的な発見も、戦中・戦後に目撃し体験した貴重なひとコマひとコマの刻印も、恩師回想に始まる平和・民主主義への思いも、出自や出会いの物語も、これからの世を生きる子どもたちへの真摯な愛も、家族への熱い思いも、すべては川でつながっている。親しんできた信濃川、阿賀野川をはじめ、世界の川だ。そしてその世界のなかの人生の川に、心の遍歴のうたがきらめいている。

詩の世界で清水さんと知り合ってもう二〇年近くになるが、ご縁あってこうしてご案内ができることに感慨を覚える。新潟の河口の船着場に揺れる月あかりのようなこの一冊を、わたしは全国のひろい層の読者に読んでいただきたい。

あとがき

国民学校一年生の六歳の時、フィリピン・ルソン島の戦場で戦っていた叔父に、手紙を書くのが私の役目だった。「おじさんおげんきですか。こちらはみんなげんきです。……」という書き出しで、そのあとは母の口伝えで手紙を書いた。その後叔父は昭和十九年に戦死をして、空の骨箱だけが届いた。

私が文章を初めて書いたのが戦場への手紙だったことは、終生忘れられないことだった。長じて一九歳の或る日、家業の織物工場のやり場のない倦怠を初めて詩に書き、「新潟日報」紙の「生活詩」の欄に投稿した。

選者の村野四郎氏は温かくも鋭い批評を添えて、多くの作品の中から私の詩を採用して下さった。村野氏に見出されなければ私は詩を書き続けていなかったろう。

「詩を杖にして生きてきた」と私を評した人が居た。詩を書いていなければどんな人生だったろうと思うと、その言葉も又、私への贈りものであろう。

六〇年、詩を書き続けてきたことへのひと区切りという想いで、この度詩集を出そうと突如として心が動いた。

二〇年来の友人であり、詩人であり、優れた編集者である佐相憲一氏に編集をお願いしたいと、これも唐突に閃いて、この度コールサック社から発刊した。

三ヵ月かけて校閲していただき、四校ものゲラが行き来して、厳しくも楽しい体験の中で完成した詩集です。ひとりよがりの作品ばかりですが、読んでいただければ幸甚です。

二〇一八年八月

清水マサ

清水マサ（しみず　まさ）略歴

1937年　新潟県生まれ

1964年　詩集『砂丘』（私家版）

1978年　詩集『雪・故里』（視点社）

1989年　詩集『鏡の中の女』（青磁社）

2010年　詩集『鬼火』（詩人会議出版）第39回壺井繁治賞

日本現代詩人会・新潟県現代詩人会・詩人会議　各会員

日本現代詩歌文学館振興会新潟県評議員

詩誌「ぼうろ」同人

詩人　市島三千雄を語り継ぐ会　会員

現住所　〒950-0116　新潟市江南区北山182−2

石炭袋

清水マサ詩集『遍歴のうた』

2018年9月20日初版発行

著　者　　清水　マサ

編　集　　佐相　憲一

発行者　　鈴木比佐雄

発行所　株式会社 コールサック社

〒173-0004　東京都板橋区板橋2-63-4-209

電話 03-5944-3258　FAX 03-5944-3238

suzuki@coal-sack.com　http://www.coal-sack.com

郵便振替　00180-4-741802

印刷管理　（株）コールサック社　制作部

＊装画　横手由男　　＊装丁　奥川はるみ

落丁本・乱丁本はお取り替えいたします。

ISBN978-4-86435-357-1　C1092　￥2000E